Colores
para comer

Alimentos verdes

Patricia Whitehouse

Traducción de Patricia Cano

Heinemann Library
Chicago, Illinois

Customer Service 888-454-2279
Visit our website at www.heinemannlibrary.com

Designed by Sue Emerson, Heinemann Library
Printed and bound in the U.S.A. by Lake Book

06 05 04 03 02
10 9 8 7 6 5 4 3 2 1

Library of Congress Cataloging-in-Publication Data
Whitehouse, Patricia, 1958-
   [Green foods. Spanish]
   Alimentos verdes / Patricia Whitehouse.
       p.cm. — (Colores para comer)
Includes index.
Summary: Introduces things to eat and drink that are green, from honeydew melons to limeade.
   ISBN: 1-58810-789-2 (HC), 1-58810-836-8 (Pbk.)
   1. Food—Juvenile literature. 2. Green—Juvenile literature. [1. Food. 2. Green 3. Spanish language materials.] I. Title. II. Series: Whitehouse, Patricia,1958- Colors we eat. Spanish.
   TX355.W463 2002
   641.3—dc21

                    2001051502

Acknowledgments
The author and publishers are grateful to the following for permission to reproduce copyright material:
Title page, pp. 5, 6, 9, 16, 17, 18 Michael Brosilow/Heinemann Library; pp. 4, 8, 12, Dwight Kuhn; p. 7 Rob & Ann Simpson/Visuals Unlimited; p. 10 Rick Wetherbee; p. 11 E. R. Degginger; pp. 13, 15 David Siren/Visuals Unlimited; p. 14 John D. Cunningham/Visuals Unlimited; p. 19 Greg Beck/Fraser Photos; pp. 20L, 20R, 21 Craig Mitchelldyer Photography

Cover photograph by Michael Brosilow/Heinemann Library

Every effort has been made to contact copyright holders of any material reproduced in this book.
Any omissions will be rectified in subsequent printings if notice is given to the publisher.

Special thanks to our bilingual advisory panel for their help in the preparation of this book:
Aurora García
Literacy Specialist
Northside Independent School District
San Antonio, TX

Argentina Palacios
Docent
Bronx Zoo
New York, NY

Ursula Sexton
Researcher, WestEd
San Ramon, CA

Laura Tapia
Reading Specialist
Emiliano Zapata Academy
Chicago, IL

Unas palabras están en negrita, **así.**
Las encontrarás en el glosario en fotos de la página 23.

Contenido

¿Has comido alimentos verdes?

Estamos rodeados de colores.

Seguro has comido algunos de estos colores.

Hay frutas y verduras verdes.

También hay otros alimentos verdes.

¿Qué alimentos verdes son grandes?

Unos melones son verdes y grandes.

Este **melón verde** es grande.

Las sandías son grandes y verdes.

La cáscara verde y dura de la sandía se llama **corteza**.

¿Qué otros alimentos verdes grandes hay?

Hay **coles**, o repollos, grandes y verdes.

Crecen cerca del suelo.

Las lechugas son grandes y verdes.

Comemos las hojas de la lechuga
en ensaladas.

¿Qué alimentos verdes son pequeños?

Unas uvas son verdes y pequeñas.

Crecen en **parras**.

También hay limones verdes
y pequeños.

Crecen en árboles.

¿Qué otros alimentos verdes pequeños hay?

vaina

semilla

Los guisantes son verdes y pequeños.

Los guisantes son semillas que crecen dentro de **vainas.**

Las **coles de Bruselas** también son verdes y pequeñas.

Parecen lechugas chiquitas.

¿Qué alimentos verdes son crujientes?

El apio es verde y crujiente.

Comemos el **tallo** de la planta de apio.

El brécol también es verde
y crujiente.

Comemos las flores de la planta
de brécol.

¿Qué alimentos verdes son suaves?

Los **kiwis** son verdes y suaves.

A veces los comemos en ensaladas.

Los **aguacates** también son verdes
y suaves.

A veces los comemos machacados.

¿Qué alimentos verdes se toman?

La sopa de guisantes es verde.

Se hace cocinando los guisantes.

La limonada es una bebida verde.

Se hace exprimiendo el jugo de
los limones.

Receta verde:
Ensalada de verduras

Pídele a un adulto que te ayude.

Primero, lava lechuga, apio
y pepinos.

Luego, córtalos en pedacitos.

Después, mézclalo todo en una ensaladera.

¡Aquí tienes tu ensalada de verduras!

Prueba

¿Sabes cómo se llaman estos alimentos verdes?

Busca las respuestas en la página 24.

Glosario en fotos

 **aguacate**
página 17

 **vaina**
página 12

 **coles de Bruselas**
página 13

 **corteza**
página 7

 **col**
página 8

 **tallo**
página 14

 **melón verde**
página 6

 **parra**
página 10

 **kiwi**
página 16

Nota a padres y maestros

Leer para buscar información es un aspecto importante del desarrollo de la lectoescritura. El aprendizaje empieza con una pregunta. Si usted alienta las preguntas de los niños sobre el mundo que los rodea, los ayudará a verse como investigadores. Cada capítulo de este libro empieza con una pregunta. Lean la pregunta juntos, miren las fotos y traten de contestar la pregunta. Después, lean y comprueben si sus predicciones son correctas. Piensen en otras preguntas sobre el tema y comenten dónde pueden buscar la respuesta. Ayude a los niños a usar el glosario en fotos y el índice para practicar nuevas destrezas de vocabulario y de investigación.

Índice

Respuestas de la página 22

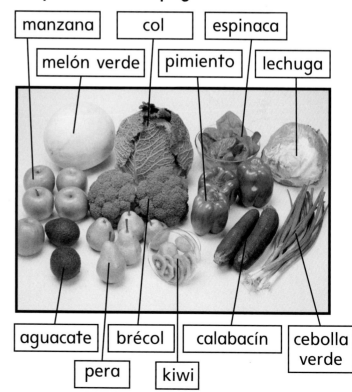

manzana   col   espinaca

melón verde   pimiento   lechuga

aguacate   brécol   calabacín   cebolla verde

pera   kiwi